ミカヅキカゲリ詩集

水鏡
みずかがみ

コールサック社

詩集

水鏡（みずかがみ）

目次

詩集

水鏡（みずかがみ）

ミカヅキカゲリ

巴里(パリ)のおんなのひと

巴里の安宿、金髪のオーレリーはこの日幾度目かの溜め息を零(こぼ)した。

オーレリーは田舎の娘だった。ブルゴーニュの明るい陽光の下では眩しく白い肌も巴里の電飾(ネオン)の下では幾分白すぎるように見えた。オーレリーは夫と共に巴里に上ってきた。画家を目指す夫のヨハンは画家の工房に住み込んで修行中だ。彼女は安工場ではたらきながら、ヨハンの画材代を工面していた。

貧しい暮らしに、今では彼女を飾る唯一のものとなった指輪が、痩せた指の上でくるくるまわってしまうのだった。

「嗚呼、また、痩せてしまったのだわ。生活苦のために、こんなに指輪もまわるようになってしまった」

ひとりごちるとオーレリーは堅すぎる麺麭(パン)をうすいスープに浸した――……。

＊

わたしは苺の指輪をはめている。

「巴里のおんなのひとになってる。戻してください」

四肢麻痺のわたしは介助者に云う。

「巴里のおんなのひとって？」

「知らないんですか？」

わたしはオーレリーの物語を話して聞かせる。

「そんな物語、知りませんでした」

「わたしが創ったの」

「知るわけないじゃないですか！」

云いながらも介助者は戻して呉れる。

ふっと

ふっと
独りだと気づいたときの
狂おしさをなんとしよう

独りなのがいけないんぢゃない
ふっと
ふっとなのが
曲者なんだ

傍観者

夜の渋谷駅。構内に誰かがふっと落としたペットボトル。
空の、頼りなく軽すぎるペットボトル。
あっけなく転がってゆく。

行き交うひとの足に蹴られ転がりまた蹴られ。
気づいたのはたったひとり。ずっとそれを見ていた。
目が離せなくて動けなくなったたったひとり。
あぶないから拾いに行きたいのに、人波が凄くて近寄れない。
あいにく近くにはゴミ箱すらも見当たらない。

たったひとりはそのまま何十分もそれを見ていた。
拾いに行きたいのに行けなくてただただ見ていた。
蹴られる度にペットボトルの痛みを感じ、転がった先で誰かがつまずくことを心配し、
そうやって何十分もそればかりを見ていた。
たったひとり、一歩も動けないまま。

次の人波が通り過ぎたら拾いに行こう。

拾えなくてもひとの通らないところまで転がしにゆこう。

そう何度も心に誓うのだけど、今だと思う一瞬はけれども一瞬だけで、近づこうとした瞬間に電車が到着したのか、次の人波が押し寄せてくる。


何十回とそれを繰り返した後、ふいに事態は収束した。

ひとりの駅員がやってきて、通りすがりにペットボトルを拾ったのだ。

そうして、邪魔にならないところに置いた。

それで終わり。

たっとひとりはその一部始終を見ていた。
改札の脇に置かれたペットボトルをなおも見つめていた。
たったひとりは最後まで、たったひとりのままだった。
身動きすら取れず、見つめつづけたたったたひとり。
気を揉みつづけたたったたひとり。
何もできなかったたったたひとり。
無力なたったたひとり。

すれ違う朝

歌舞伎町の朝の吉牛は
おとこのひとしかいなくて。
おとこのひとばっかりだけど
おとこのひとは２種類いて。

わかいひとと
わかくないひと。

どちらもスーツ姿

なのに

その印象も雰囲気も
ぜんぜんちがう。

わかいひとは
黒くてしごとがえり。

わかくないひとは
灰色でこれからしごと。

そこに家出娘がいっぴき。

刹那の交錯。
一瞬のすれ違い。

ひとときともに食み
また別れてゆく。

いえじへと
しょくばへと
たびじへと。

危険人物

東京にいるとき新宿高島屋の13階の窓を開けて警察に捕まった。
危険人物（飛び降りそう）と云うことで、強制入院させられた。

その病院でわたしはひたすら歌を作り、歌をうたい、詩を書き、リーフと云う架空のともだちに手紙を書いた。

夕方になると、病棟のはしっこに行って、わたしは高い澄んだ声（当時わたしは声優のたまごだった）でその声に似つかわしい美しくも切ない歌をうたった。
本人としてはこっそりひっそり歌っている心算（つもり）だったのだが、実は、すごく綺麗な声の歌の上手い子がいる、と病院中で評判になっていたらしい。

トータルして、危険人物は愉しかった。

水に流す

おしっこをすると
酔っ払いの匂いがした

酔ってないないと云いつつ
お前結構酔っ払いぢゃん

そんなちょっとの笑いは
水に流してしまおう

地図描き

くれよん
ぱすてる
くれぱす
で
線路を描く

国鉄の線路
チンチン電車の線路
電車も走らせる

城も公園も港も
川も駅も病院も

海には船を
山には鳥を
畑には牛を

ぺたぺた
無心に大胆に
描いてゆく
うちに

わたしは生きていない頃の
わたしが生きたこともない町

だけど
だんだん
わたしの町になってゆく

愛しいと哀しい

愛しいと哀しいは
ほんとによく似通っている
どちらも胸が締めつけられるようで
わけもなく涙を流すばかり
愛しいと哀しいは
ほんとによく似通っている

海菖蒲（うみしょうぶ）のダンス

入り江いっぱいの雄花。
くるくるくるくる。

水面に立って踊ってる。
まるでアイスダンス。
くるくるくるくる。

そのまま雌花に出会うまで、
何処までも水面を走る。
船みたい。

精霊流しみたい。
くるくるくる。
ちいさな白い、海菖蒲。

表面は疎水性。
水の表面張力で安定して立つ。
内部は親水性。
水の柱を内包する。

そうして旅をする。
くるくるくる、
踊りながら、遊びながら、
旅をする。
くるくるくる、
海菖蒲。

落ち葉の励まし

この街に戻ってきて出迎えてくれたのは一面の紅葉。
黄色い葉、茶色い葉、燃えるように真っ赤な葉。
この街に戻ってきて声を掛けてくれたのは一面の落葉。
滑る自転車の下、かさかさ、粉々に砕けながら。

お帰り。
元気になって良かったね。
良く帰ってきたね。

口々に、わたしに囁いてくれる。
なんの衒いも遠慮もなく、悦んでくれているのがわかる。
わたしもこっそり返答を返しながら自転車に身を任せる。

ありがとう。帰ったよ。
元気になってきたよ。
ただいま、わたしの街。
ただいま、わたしの街。

この間弟が

この間弟が
電車に乗り込みながら
おんなのひとっていいなあと
しみじみと呟いた

いいなあ　こどもがうめて
ほんとにうらやましい
こどもうみたいもん
そのかのうせいがあるだけでうらやましい

視線の先にベビーカーと若いおんなのひとがいて
なるほどと思いつつ
その実やっぱり驚いた
わたしたち
ぜんぶの血がおんなじなのにね

いいなあ　こどもうまなくてよくて
わたしはそう心の中で呟いて
だけど
いいなあ　おとこのひと
とは思わない

これが可能性というのなら
いくらでもわけてあげたい
わたしなんかより

ずっとうまくつかえるでしょう?

この間弟が
どうやってもぼくぢゃうめんもん
としみじみ嘆いた

視線の先には
ベビーカーから身を乗り出す
エイリアンの小さな指

はつ夏の

初夏、と云うことではなくて、はつ夏の花火をした。
ひとり暮らしをはじめて、はじめての夏の花火。

主に経済的理由から、やったことのないロケット花火を、わたしは選んだ。
ロケット花火を選んだのは、主に財政上の理由からだったけど、
それを差し引いてもロケット花火は、
わたしに相応しいものだった。

火をつける。
待つ。

見上げる。
ぱあぁーん。

火をつける。
待つ。
見上げる。
ぱあぁーん。

何かの儀式のように繰り返した。

火をつける。
待つ。
見上げる。
ぱあぁーん。

四肢麻痺だからわたしには、手持ち花火は持てない。

だから、ロケット花火は、まったくわたしに相応しかった。


花火は公園でした。

祭りの仕度をするオジサンとお兄さんの中間のひとたちがいたので、わたしは訊いた。

「ここで花火をやっても善いですか?」

彼らは請けあってくれた。

「この山車に飛ばないなら構わないよ」と。

わたしは山車から充分に離れて、ロケット花火をやりはじめた。
彼らはその瞬間、僅かにざわめいた。
まさか、ロケット花火だとは思わなかったのだろう。
可笑しくて、
ロケット花火が愉しくて、
わたしははしゃぐ。

こんなに愉しい。
こんなに愉しい。

宵闇に
常になりつつある微熱が吸い取られて、
わたしはもう酷く「ジャイアント」な心持ち。

この瞬間なら、
ロケット花火を見上げる刹那なら、
この先の人生でもわたしは何かを為せるって、
誰かの勇気になれるって、
信じていられる。

ロケット花火をやり終えて、

僅かながら、強くなれた気がした。
僅かながら、たしかになれた気がした。

はつ夏の「リトル・リトル・ジャイアント」な夜。
はつ夏の「リトル・リトル・ジャイアント」な出来事。
はつ夏の「リトル・リトル・ジャイアント」なロケット花火。

だあいじょぶ

だあいじょぶだよ
泣きそうな顔で駆け込むと
うんうんと優しく受け止めて
写真を撮り
にっこりする

なんだ
だあいじょぶだよ

ほら
きれいなもんだ
もっと自信もって

恐怖に縮こまっていたこころから
ふっと何かが溶け出す

そのすきまを作っておいて
そこから
論理的で丁寧な説明で
より〝だあいじょぶ〟を擦り込んでゆく

安心のおくすりみたいに

もしもいつか

わたしがだれかを助けられるくらいになれたら
わたしも
そんなお医者になりたい

お医者ぢゃなくとも
そんな
だあいじょぶを
あげられるように

解剖ごっこ

解剖されるのすきよ
皮膚を暴かれて
内側が白日の下に晒されるあの感覚

ぞくり
血の流れとともに
甘い痺れがからだを突き抜ける

ほらもう
骨まで見せちゃった

闇

闇。
闇はわたしから何も奪わない。
ひんやりと冷たい闇。
闇だけがわたしをかくまってくれる。
闇がなかったら、わたしはもう生きてはいかれない。
密度の濃い闇ならば、浸透圧で流れ込む。
けれど。
今夜の闇は濃度がうすく、逆にわたしが流出する。

恐ろしいほどに、闇とわたしが均一になってゆく。
そして、それはとても心地よい。
このまま闇に溶けてゆき、「なんでもないもの」になってみたい。
ただの「空間」になってみたい。
闇とわたしの浸透圧。

台所囚人

きいろいキッチンの
リノリウムの湿気
足の裏に
ふしあわせが張りついて

壁越しに交わす会話は
囚人たちの語らいのよう
足の裏に張りついた
リノリウムのふしあわせ

こそを
庶民的なしあわせ
と呼ぶのかもしれない

熱発ニザカナ

熱を出すときまって
鼻のおくが甘くなる
これは
ばい菌なのか
それとも
たたかっている
わたしのさいぼうの味なのか

そしてまた
骨も甘くとろけてくる

甘く甘く煮た
煮魚みたいに

くすり指の病巣

くすり指が
わたしにとっては鬼門らしい
契約の指だということを考えると
誰にとってもそうなのか

わたしのくすり指は
日々
腐敗してゆきます
うんだ病巣を抱えたまま

わたしはきっと
この世で
契りたいことなんかないんだ

そう思って
病んだくすり指を
少し大仰に
そびやかしてみる
エアコンの風に吹かれて
一瞬
自立するように見える
わたしの病巣

沈黙のひと

沈黙のひと
になる。
口を開いても音を結ばず
身振りと筆談で
ひそやかに生きるひと。

沈黙のひと
になる。
言葉を忘れるうちに
思考は文法的縛りを超えて
独自の語順を編み出す。

お店では
耳が聞こえないと思われるのか
身振りが返ってくる。

電話では
はいのときだけボタンを押し
いいえなら沈黙を通す。

沈黙のひと
造られた静寂
音という情報を失った世界は
コマ送りのスロー再生みたい

目に鮮やかで
奇妙なまでに日常が印象的。

振り翳す

「振り翳す正しさ、振り翳す明るさに、傷つくひともいると云うことをもっと知って
　おいてください。」
と書いたことで

ひとを傷つけてしまった。

それはまさに、
わたしが書いたように、
「振り翳す」ことでしかなくて。

わたしは
弱さを
「振り翳した」
のだと思う

「わたしはこんなにも弱いのだから、
　やさしく扱ってよ、
　もっと気を遣ってよ」

自分の拳の先にも
ひとがいた、のだと

愕然とする。

傷つけてしまったことの手応えに

慄然とする。

それは、
鮮やかで、
気持ちが薄ら寒くなる。

ごめんなさい。

わたしはことばに縋る。
何が起きたのか、検証する。
傷つけたことの手応えは、
消えないのだけれど。

ときどき、使い方を誤るのだけど、

「ことばはわたしの武器」なのだから、
「ことばはわたしの翼」なのだから、

弛まずに
わたしは書こう。

逃げないで、
わたしは書こう。

よりを戻す

コトバ
というツールから
わたしはひとたび離れてしまった
それは半分くらい意識的に

イマ
もう一度
コトバ
と向き合う

別れ切れない恋人たちが
よりを戻してゆくように

コトバ
と再び契る

今度は別れなくて済むように
今度は手放さなくて済むように
今度は見放されなくて済むように

癒し

癒しなんて安易な言葉に
縋りたくはないけれど
結局やりたいのはそういうことだと思う

自分すら救えない人間が
他の誰かを救うことなんてできないと
絶望したのはいつの日か

それでもやはり
みつけたいのはそういう道

答えはまだ出ないけど

誰かが壊れそうになっていて
ほんとうに救いを求めてきてくれると
わたしはそのひとに感謝したくなる
これは不謹慎なことなのか

別に癒しがわたしの中にあるわけでもなくて
それは十分承知していて
わたしにできるのはせいぜい触媒になること
繊細でしなやかな触媒になること

哀愁キリギリス

アリとキリギリス
わたしはキリギリス

キリギリスはアリさんが大好きで
とてもとても尊敬もしているけれど
どうやってもキリギリスだから
キリギリスの人生しか歩めない
それはそれで本来いいはずなのに

「世の中」はキリギリスを許さない

働かないキリギリス
うたうことしか出来ないキリギリス
感じやすい分　弱く脆いキリギリス
わたしはキリギリス

アリとキリギリス
いっしょに生きてはゆけなかったのか
キリギリスはアリさんを大好きなのに
アリさんはキリギリスを貶めるのか

欠陥品同士

片羽根の悪魔と
片羽根の天使

そして僕らは比翼の鳥になる

サボタージュ

頑張って頑張れないこともなかったのだけど
サボタージュした

余裕がなくて
頑張っている自分のことまで
厭(きら)いになってしまいかねなかったから

鈴

あなたが
鈴を呉れました

猫にでもなんでも
わたしは鈴をつけるの
とわらい乍(なが)ら

それならば
わたしは
わたしに鈴をつけよう

知らぬうちに
なくしてしまわぬよう

ただただ歌ってゐる世界

昔も今も、わたしはすこしも　現実的にできていない
ただただ歌ってゐるだけだ

こうしているあいだにも
戦場では過酷な現実が続いている

ところで、心理学では
意識／無意識を表すのに
海に浮かんだ氷山を用いる
わたしたちの意識なんて

海面から見える氷山の一角だと云う
無意識は遥かに巨大で海面の下に隠れているのだと云う

わたしは思うのだ
氷山であるわたしたちの無意識は
共通意識と云う海に浮かんでいるのだと
その海には人類の叡智やなにかがスープのように溶けているのだ
と

だから、わたしと云う氷山の一部でも
歌うたびに
意識が進化すれば
無意識の海を通して
人類を進化させることができるかも知れない
と

だから、わたしは今日も歌う

そうすることで
何か善きもの
美しきものに
辿り着けるのではないか
わたしは夢にみているのだ

この脆弱なココロと躰（からだ）を抱えて
わたしが歩むことにも
意味はあるのだと

わたしは歌う
何もできなくとも

否

何もできないからこそ　歌うのだ

氷砂糖（短歌）

・わたくしが持つ障害がわたくしにさせることとかできぬこととか

・かなしみはすきとおるまで眺めましょ　やがてはあまく氷砂糖に

・自分ではどうにもならない障害を氷砂糖と名づけて眺む

・語彙の持つ　いつかのさみしさ　わたくしと氷砂糖はどこか似ている

・夕暮れにみんな帰った原っぱにいるよう氷砂糖のココロ

・「できない」を克服せよ、と云われると氷砂糖がチリリと疼く

・みないふりしているけれどしっているわたしはかなりきずついている

・障害を氷砂糖と名づけてもやるせなさは減らないけれど

・わたくしがわたくしであるやるせなさ　氷砂糖になるのを待って

・これからも氷砂糖と歩いてく誰かの勇気、なれるときまで

マイナスイオン（短歌）

・五月雨や調布の森は腕広げマイナスイオンのシャワーを浴びる

・銃撃の合間に歌う刹那だけ切ない眸(ひとみ)をあなたは見せた

・開かれたと見える窓にはストッパー今のわたしの在り方みたい

・ねえ君よわたしの君よわたしたちひと月ぶりに話をしたね

・新しくまた1年始めよう前髪切って未練断ち切り

・くったりとしたシクラメン持ってきてあなたは一言〝お花が死んだの〟

・お手上げだ。まるでわたしが外国語話すみたいに〝解釈〟するのね

・鈴が鳴る鈴が鳴るのよチルチルリ今宵あなたは居ないのだけど

・思いきり役の仮面を被ったら初めてちゃんと話が出来た

・青空も雲も夕日も何ひとつこの瞬間の必然なのだ

眠りの時間（とき）

眠っていると
ひとも
どうぶつも
実は
ひそかに死に等しくなっている
死に近いところにいるわたしには
それがちゃんと見える

だからこそ

眠っている存在は
こわい

魂がこの世界に存在していないのがわかり
取り残されて途方に暮れる

眠りの時間（とき）
ひとも
どうぶつも
しずかに
死につづけている

ゼロの領域

わたしは　よく　考える
ゼロの領域のことを

そこは　どんなにか
しずかなところだろう

わたしは　よく　思う
ここがそれだろうかと

未来へも　過去へも

いっさいの念を忘れたばしょ
ゼロの領域は
しずかと云うより
たいらだ

呼び声

わたしの脳髄の奥の奥の方　とてもとても遠いところから　誰かがわたしを呼ぶ
微かな痛み
それは目覚める直前まで視ていたのに　もはや思い出せない夢の名残りのような
はるけき呼び声

空白と向き合う

予定を立てなさい
そう云われたので
懸命に考え
空白の日
にした

何にもしないで
からだもたましいも
おやすみ

わたしが向き合ってきた自我も創作も
すべて放置して

空白することと
真摯に向き合う

食べること
と
寝ること
シンプルな基本に帰る

わくわくもどきどきも
今日はおやすみ
鼓動も恙なくゆったりと
うたも軽くしか歌わない
くちずさむだけ

それでも
夢は消えないから

不自由の象徴

この窓から見える
動物と云えば
鳥か人間くらいで
人間はいつでも
見飽きるくらい居るから
自然
鳥を追うことが多くなる

鳥は自由の象徴
よく人はそう云うけれど

閉じこめられてる人に唯一ゆるされた
〝自由〟が鳥を見ることなら
鳥は不自由の象徴でもあるわけだ

そこまで書いて顔を上げると
もう鳥は見当たらなくて
風景は途端に
止まった――死んだ――ものになり
わたしはろうばいする

とそこに
空を切る
一羽の大きな鳥
空を切る
大きな鳥よ

研磨傷

細く悲鳴をあげている
あなたはだれですか

慌ただしい毎日に
背を向けてでも
あなたのことに
向き合うべきですか

それとも
見ない振りをして
毎日を恙なく
がんばりつづけるべきですか

磨くことは
傷をつけること
結果の耀きと
到るまでの傷と

いつかはつりあうのだとしても

そのいつかが見えない今
なにを選ぶべきなのか

研磨傷が
疼く夜
明日の行方を決め兼ねて
膝を抱え込むのです

記憶する匂い

梅雨の夕方は
プールの後の更衣室と同じ匂い。
躰は知らず泳いだ後の倦怠感を身に纏い
意識は知らずあの日の倦んだ午後へと
引き戻されて
流れる

いちばんの基本

たぷーん　たぷーん　たぷ　ぷぷぷ
揺らめく波に　護られて
たぷーん　たぷーん　たぷ　ぷぷぷ
海藻みたいに　漂うの

お風呂に浮かぶわたしの髪

ぬわーん　ぬわーん　ぬわ　ぬぬぬ
やさしい圧力　かかってる
ぬわーん　ぬわーん　ぬわ　ぬぬぬ

耳元　水のせめぎ合い
だいじょうぶ
「無」になれる
物体に還ればいい
いちばんの基本にさ
わたしは有機体

空をあきらめない

歩けなくなって
わたしの翼は折れてしまったのだと思った
もはや空をあきらめるしかないのだと

だけど
空をあきらめなくてもいいことを
折れた翼は繕（つくろ）えることを
わたしは知ってしまった

だから

今は繕いつつ朝を待っているところ

朝になれば

空を目指すよ

この赤い車椅子で

わたしにできること

わたしには何の力もない
ただただ歌っているだけ
文字を綴ると云う歌

いまのわたしは
あまりちゃんと声を出すことができない
その昔あんなにも近しかった歌うことから
だからわたしは離れてしまった

いまの四肢麻痺のわたしができることと云えば

わずかに動く右手の中指いっぽんでパソコンに繋がったボタンを押すことくらいだ
パソコンの操作はすべて中指いっぽんでできる
パソコンには Hearty Ladder と云う支援ソフトが入っているのだ
文字パネルの上を枠線が動いてゆくのを任意の位置でボタンを押して止める

このスキャン方式で
文字入力はおろか Photoshop のようなものまで
わたしは操ることができる

そうして生み出される作品は
わたしの歌であり
手紙であり
翼だ

うたう

うたうこえに
ちからがこもる
うたう
うたう
うたう
と
だいちから
ちからがきて
みちる
みちる

みちる
と
つきはてんくうで
やわらかく
もえる
もえる
もえる
と
わたしはそらのした
こどくとくうきょに
うたう
うたう
うたう

たまご名刺

一晩かけて
名刺を作りました
例の如くと評されるだろう
唐突な思いつきと驚異的な集中力で
色遣いもデザインもグラフィックソフトの操作もた易くできるので
なかなか良いものができました

けれども
名前の前につける肩書きが
わたしにはなくて

考えた末
たまご
と打ちました。

たまご
は
まだたまご
だから
将来そうなるとは限らないのだけど

とりあえず

名乗るのは自由
なので

たまごと云う肩書きは
（それを肩書きと呼べるなら）
便利だ
と思いました。

むらさきの月

6月というと
どうして紫色の気がするのか

それはあじさいのせいばかりでなく
湿った空気もどんより雲も
なんだか紫色の気がする

紫色は
わたしのおばあちゃんの色
ラベンダーやライラックではなく

古式ゆかしい
日本の紫

わたしのおばあちゃんは
いま施設に入っていて
「艶（つや）」と云う美しい名を持ち
次の９月８日に１００歳になる

６月になって
おばあちゃんを思い出す
降る雨にも
まとわりつく湿気にも
ねえ
おばあちゃんの紫が映ってるよ

秋の菜の花

痛みゆえ座ったままで料理する父の背中は菜の花のいろ。
父はもう老齢の域に入ったのだろう。
菜の花のいろのフリース

はたとせ前にわたしが選んだ
派手すぎんかね？
父は当初照れて躊躇いがちだった

菜の花のいろのフリース
に

老齢の域に入った父はすっかりなじんだみたい。

いつの間にか
車椅子のわたしと同じ目線の高さになることの多くなった
父の老いが示す。

わたしもまた人生の秋をむかえつつあるのだ、と。

わたしの車椅子生活も
10年を超えた。

そして
わたしはこれからも生きてゆく。

雪の襲撃

雪の中自転車を走らせていると
顔に躰に雪が激しくぶつかってきて
まるで〝こうげき〟されているみたい
なんだかがおーっとふこうな気持ちになりました

ところが自転車を止めてみると
雪はただ舞っているだけで
急に世界は平和に優しくなって
〝こうげき〟されたなんてこちらのひとり芝居でしかなくて
安心したしちょっと可笑しくもなりました

戦争に突き進むと
同じ人間が敵に見えてくる
だけどちょっと歩みを緩めてみると
落ちついて立ち止まってみると
ほら
ほんとうはみんな仲間だよ
みんなそれぞれに生きているだけだよ

雪は煩（うるさ）い音を消してゆく
そんな風に
世界も一瞬一瞬平和になってゆけばいいね
どうかお互いの声に心穏やかに耳を傾けられますように

たとえばわたしの

たとえばわたしの指が動いたら　あなたに触れるのに
たとえばわたしの手が動いたら　あなたの手を握るのに
たとえばわたしの腕が動いたら　あなたを抱き締めるのに

たとえばわたしが立ち上がれたら　あなたの眸を覗き込むのに
たとえばわたしの足に力があれば　あなたの周りを跳ねまわるのに
たとえばわたしが歩けたら　あなたと肩を並べて行くのに

だけどわたしは何にも出来ないから　じっとしています
わたしは何も出来ないから　せめてあなたを想わせて

エイプリルフール

今年エイプリルフールには、こんなメールを送った。

このたび、わたくし、ミカヅキカゲリは結婚することになりました。
相手は、発達障害のミーティングに来ている方で、ずっと憧れていた方です。
一月に、その方が久しぶりにミーティングに来てくれて、連絡先を手に入れました。
それからは、猛アプローチ……。
実って善かったです。
ふたりとも、発達障害なので、式とかは考えていませんし、生活も大変でしょう。
でも頑張ります。

ミカヅキカゲリ

訂正できないままに、
更紗（わたしのパソコン。少年。）が故障。
今日まで、訂正できず。

ミカちゃん（弟）に、「エイプリルフールってその場で訂正せんないけんのよ。」と云われて、猛省した。

　結婚すると云うの、エイプリルフールです。
　ごめんなさい！

と云うメールをやっと送ったところ、
なーんだ、みたいな反応が多くて、
恐縮させられた。

上手に嘘をつけない！
毎年毎年、人騒がせになってしまう。

ミカヅキカゲリ詩集『水鏡（みずかがみ）』刊行に寄せて

生きている心の宝石、いま大きな舞台で輝く

佐相　憲一

水に映った世界はくっきりと世界そのものであるように見えながら、映る角度は反対側からのものである。背中合わせ、という言葉が浮かぶが、水面に揺れる逆さの世界の姿は、現実と背中合わせで現実が生み出したものでありながら、どこか微妙に違っていて涙ににじんでいるかのようだ。旅の空でミカヅキカゲリが写真に撮ったのは、消費と広告が渦巻くレジャー施設そのものではなくて、その人工物が逆さに映った水面だった。その場所に行ったのだからきっと作者もそれなりに観光を楽しんだのだろう。けれども、そこに写された象徴的な情景は、彼女自身の内海のお城だったに違いない。この詩集を手に取ってまず目にする表紙カバーの画像は、詩人ミカヅキカゲリの根源をなす人間ミカヅキカゲリの内海に映る、

淡い心の情景だ。そして、彼女の鏡には、涙ゆえに、曇るのでなく逆に冴えて映る、波うつ独自の世界の心が揺れているのだった。それは笑っているようにさえ見えてくるから不思議だ。

生きていることの心を言葉にするのは難しい。なぜなら、人間が言葉を獲得し文字にして書き出して以来、無数の人びとがその心情を発してきたが、どのように個性的であろうとしても、元型的には共通のものにとらわれていることや時代の垂れ流す情報の傾向から、心の吐露が真にオリジナルで文学的な領域にまで感じられるのは稀だからだ。しかし、世の中にはつぶやく言葉自体が詩であるような直観的な人間がいる。その言葉は意識と無意識を同時に生きているようで、一方では光り、他方では危うくもある。だから、詩人には精神的な闇の苦しみを経験する人が多い。

ここに現れた新詩人ミカヅキカゲリもそうしたところをくぐりぬけてきた人だ。略歴から引用すると、「中学生の頃より〈存在の不安〉としか形容できぬ漠とした悩みに苦しみ、2006年末に自殺未遂。後遺症のため、四肢麻痺になり、以降車椅子生活」とある。また、いまでこそ医学的に解明されてきて社会的な理解も進み始めているが、ほんの少し前までは本人の苦しみを周囲がなかなか理解できずに根本的な誤解と差別を受けることが多かった、いわゆる発達障がいをもっているという。そうした実際の心身の苦悩が嘘のように「いい子」だった彼女は、難しい国立大学で学問を修め、女優や声優や歌手への道を進み、九州から一人で出てきて大都会で頑張っていたのだった。だが、そこで心理学や心身障害学を学んでいたことや、心を表現する芸術系の道を選択していたことから、その当時もすでに彼女はおのれの心の特質を冷静に見る目をもち、苦しみからの解放を切に求めていたことがうかがえる。そして、到達した境地は、この詩集の帯の裏側に引用した闇に関する深い認識によく表現されているだろう。〈闇。／闇はわたしから何も奪わない。／ひんやりと冷たい闇。／闇だけがわたしをかくまってくれる。／闇がなかったら、わたしはもう生きてはいかれない。〉（詩「闇」より）。

ようやくだ。ようやく、いま、彼女の心の声が大切な一冊の詩集となって世に出たのだ。

この詩集には、二〇代から三〇代を経て奥付発行日の一一月一日に四〇歳の誕生日を迎えるその直前の夏までに書きためられた膨大な作品群の中から、厳選に厳選を重ねた宝石がきらめいている。驚くなかれ、その候補対象となった作品数は一〇〇〇近く。その中からの四六篇（うち二篇は短歌形式の一〇首を一篇のまとまりとして数えたもの）だ。選にもれたものの中には日々の感情を発散し書きなぐったような痛々しいものや、時には呪いが感じられるような日記なども含まれる。書いて書いて書きまくってきたというわけだ。

迫りくる絶望に押しつぶされて死なずにすんだのは、まさに書くということによってその魂の宝石を売り渡さなかったからだと言えようし、その宝石の輝きをいつかは広範な人びとにおくりたいと夢見てきたからに違いない。ここに、詩人になるべくしてなった繊細な個性が生み出したひとつひとつの宝石が、詩集という器に入って皆さんへ届けられた。

そうした壮絶な舞台裏を読者諸氏にお伝えするのは、詩作品への評価を前提知識で上げようとするからでは断じてない。逆に、この詩集をひととおり読んだ読者の少なくない人びとが、きっと何らかの切なさや共感を感じて、いったいこの作者はどういう人なのだろうという強い関心を持つであろうと予感するからである。だからこそ、待ってましたとばかり、ここにいまこうしてお伝えしているのである。そのように、この詩集に収録された作品群の言葉には、作者本人のことをもっと知りたくさせる強力な磁力がある。まるでそれは、表紙カバーの水面に映ったもうひとつの世界へと深くいざなっているかのようである。

詩世界におけるこの舞台女優の切実な心の鉱脈から原石をくみとって、その宝石の輝きを活かすために、本人から演出家あるいは監督としての仕事を頼まれたのは、もう二年も前のことである。インターネットを通じてだった。それから、作者の側の紆余曲折と人生の困難、悲しみがいろいろあり、ようやく今春、本格的な共同作業へと移ることができた。その二年間にも作品数は増えて、選択・編集はうれしい悩みとなった。

ひとつひとつ並べて有機的な流れが現れると、いまを生きている心の宝石が大きな舞台で輝くのが見えた。東京の深淵をさまよっていた頃から、二四時間介助システムに支えられて北九州で暮らす現在まで、その時々の彼女の心が見た情景や感じとった深いものが、大きなひとつの物語となってつながり輝く。輝いていると言っても、膨大な悲しみと叫びの中の微笑みの輝きだ。とびきりのユーモアがこの人にあるのが救いだ。詩世界でのこうした迫真の演技は本当は演技でなくて、そのまま地の彼女自身の心だ。何気ない素朴なつぶやきさえも、何かにぶつかった人が本気で発した自分自身の言葉というものは、他者の心にも、そして世界そのものにも深く響くのだろう。

この詩集を最初から終わりまで、この順番で通しで読んでみていただきたい。冗談を言いながら、本音を漏らしながら、揺れ動き、発見し、傷つき、再生して、体験し、見聞し、絶望し、希望が生まれ、確認し、生きている。一方向に単純に上昇するのではなく、上へ行ったり、下へ行ったり、前後左右うごめいて、ドキドキ動いている。そして、歳月にろ過された心の軌跡が波うつ時、読み手の側にもそれぞれの人生の水鏡が見えてくるかもしれない。

『水鏡（みずかがみ）』というと鎌倉時代の歴史物語に同名の古典があるが、ここにお届けするのは、二〇世紀末から二一世紀初頭にかけての現代社会の深淵で、夢を見ながらけんめいに生きてきたひとりの女性のかけがえのない心の水鏡である。そして、詩人ミカヅキカゲリの親しみやすくも不思議な感性はいまも揺れながら、きらめいている。そう、三日月と夜空が織り成す翳りのように。

あとがき

はじめまして。或いはこんにちは。

自分の文章のいちばんの特徴は明け透けさだと思っている。わたしなりに真摯に自分の中の泉に在るものを汲みあげてきた結果だ。

けれど、わたしの明け透けさは諸刃の剣らしい。ひとによっては痛みを与えてしまうようなのだ。

だけど、本を出すことは、ちいさな頃からのわたしの夢だった。不惑になろうと云ういま、ようやく叶おうとしている大切な夢。ほんとうにうれしくて誇らしい。

しかも、『水鏡』刊行までは決して平坦な道のりではなかったから、尚のことである。佐相憲一さんも解説に書いてくださっているが、主にわたしの側の事情によって、詩集作りはいち度頓挫してしまい、わたしもあきらめかけた。それからわたしは統合失調症と拒食症のダブルパンチで本気で死にかけてしまった。体重も20kg台にまで落ちていたんぢゃないかな、と思われる。そして、そこから奇蹟的に生還したわたしは決意した。詩集作りにふたたび挑戦しようと。何故なら、詩やコトバだけがわたしの最初期から現在に至るまで、ずっとそばに寄り添って呉れているツールだから。或いは、わたしにとっての〈業〉と云い換えても構わないくらいに根の深いツールだからである。死にかけたことによって、待っていても夢みていても本は出せないのだと覚醒したのであった。今度こそ、詩集をあきらめない。強い決意で佐相さんにふたたびお願いのメールを認めた。こうして、詩集『水鏡』はめでたく日の目を見ることになった。

ほんとうに長生きはするものである。わたしはこの本にも収録した「危険人物」のときも含めて、3回自殺未遂を図っている。その3回目でわたしは四肢麻痺になり、車椅子生活になった。だが、微塵も後悔はない。いまでも、舞台女優には向いていたと思うけれど、それらの路を断たれたことで残ったものはコトバだけになり、わたしはとてもシンプルになれた。更に発達障害が判ったことで、生きるのが楽になった。

これから、わたしの新たな舞台がはじまろうとしている。

わたしを支えてくれた佐相さん、れいんぼぅの介助者たちと代表の高倉正和さん、文筆仲間の川合大祐さん・千春さん夫婦と故・溝井亜希子さん、今後の協力者のとみいぇひろこさん・佐藤元紀さんに感謝したい。

最後に、願わくばこの『水鏡』が宮沢賢治の云う〈ほんとうのたべもの〉として、あなたの栄養になりますように……。

２０１８年　秋　　　ミカヅキカゲリ

■略歴■

ミカヅキカゲリ

1978年11月1日生まれ。北九州市出身。

筑波大学で、心理学、心身障害学などを学ぶ。

大学在学中から舞台に立ちはじめ、卒業後は舞台女優に。その傍ら、声優や歌うたいとしても細々と活動。ちいさな頃より好きだった詩作を本格的にはじめたのも大学在学中から。

中学生の頃より〈存在の不安〉としか形容できぬ漠とした悩みに苦しみ、2006年末に自殺未遂。後遺症のため、四肢麻痺になり、以降車椅子生活。赤い電動車椅子と長い黒髪がトレードマーク。

最近、ひとりきりでちいさな出版社「† 三日月少女革命 †」を設立。ミカヅキカゲリ作品集Ⅰ～Ⅲ、刊行準備中。

現住所　〒八〇五—〇〇一三
福岡県北九州市八幡東区昭和三丁目三—二〇—一〇一　荒石方
http://3kaduki.link/

ミカヅキカゲリ詩集『水鏡（みずかがみ）』

2018年11月1日初版発行
著　者　ミカヅキカゲリ
編　集　佐相　憲一
発行者　鈴木比佐雄

発行所　株式会社 コールサック社
〒173-0004　東京都板橋区板橋 2-63-4-209
電話 03-5944-3258　FAX 03-5944-3238
suzuki@coal-sack.com　http://www.coal-sack.com
郵便振替　00180-4-741802
印刷管理　（株）コールサック社　製作部

＊写真　ミカヅキカゲリ　＊装幀　奥川はるみ

落丁本・乱丁本はお取り替えいたします。
ISBN978-4-86435-363-2　C1092　￥1500E